MEINE GEDICHTE I

Über Liebe, Schmerz und Hoffnungen

Vio Yung

Coverdesign von: Vio Yung

An alle, die Gedichte lieben.

Schreiben
Gutes Gefühl
Die Feder gleitet
Ich kann nicht aufhören
Süchtig

VIO YUNG

INHALT

VORWORT

Was soll ich sagen? Lange habe ich die Gedichte im Verborgenen gehalten, weil sie mein Innerstes offenbaren, aber nur habe ich doch beschlossen, sie zu teilen.
Einige sind etwas älter und deshalb auch dementsprechend geschrieben, aber ich finde es schön, die Entwicklung über die Jahre zu beobachten und hoffe, dass auch ihr dies erkennen werdet.
Vielleicht bringe ich auch Inspiration oder ihr fühlt euch danach weniger allein. Egal wie, ich bin froh, dass meine Werke gelesen werden und bin dankbar.
Erwartet nicht gleich zu viel.
Viel Spaß beim Lesen!

WAHRE LIEBE (14.01.2017)

Liebe muss schmerzen
Ganz tief im Herzen,
Denn nur dann versteht man,
Dass man nicht ohne ihn kann

Leider ist es meist zu spät,
Bis man es wirklich versteht

Die Zeit geht vorbei
Und man bleibt allein,
Weil man erst dann erkennt,

Wonach das Herz wirklich brennt

Nun liebt er sie,
An mich denkt er nie

Früher hab' ich geweint,
Weil das Schicksal es nicht gut mit mir meint

Heute bin ich glücklich,
Weil er's mit ihr ist,
Auch wenn mein Herz
Ihn noch immer vermisst.

GEFANGENSCHAF T (29.05.2017)

An dem Himmel hängen Sterne
Bäume rascheln in der Ferne
Leise weht der stille Wind
Es fühlt sich an, als wär' ich Kind

Bälle prallen auf Beton
Kleine Häuser aus Karton
Vögel zwitschern ihre Lieder
Und der Frühling kommt mal wieder

Die Sonne wird nun auferstehen
Und die Nacht zu Ende gehen
Flüsse fließen immer schneller
Und das Lichtchen wird noch heller

Pärchen sitzen auf den Bänken
Tun sich Zuneigungen schenken
Die Sonne geht dann wieder unter
Und die Glühwürmchen sind munter

Erleuchtet wird die ganze Stadt
Durch jedermann, der Licht an hat
Und das Geschehen, Tag ein Tag aus
Betracht ich von mei'm Fenster aus..

NACHTGEDANKE N (28.06.2017)

Siehst du oben all die Sterne?
Und so groß den hellen Mond?
Zusammen ziehn wir in die Ferne
Auf unsrem weißen Segelboot.

WOLFNACHT (22.07.2017)

Nacht am Himmel
Mond ist hell
Wölfe heulen
Laufe schnell!
Nimm die Beine
In die Hand
Und lauf weiter
Ohne Stand!
Laufe schneller
Aus dem Wald,
Denn die Wölfe
Hol'n dich bald!

ABHÄNGIGKEIT (14.09.2017)

Als ich dich sah
Wurd ich verrückt
Mein Herz hält dich
Jetzt fest gedrückt

Ich weiß, dass ich
Dich wirklich brauche
Du bist die Droge
Die ich täglich rauche

Komme nicht los

Von Dir, versteh!
-Wenn du jetzt gehst
Tust du mir weh..

Ich spüre Schmerz
In meinem Herz
"Ich liebe dich!"
Erinnert's mich..

FREIHEIT (16.10.2017)

Ich sitze da und schau zum Fenster
Da draußen fliegt 'ne kleine Elster
Spannt ihre Flügel weiter aus
Es ist, als flöge sie nach Haus

Sie sieht so schön und friedlich aus
Lässt ihre Sorgen einfach raus
Der blaue Himmel fängt sie auf
Springt all die Bäumchen ab und rauf

Ich steh nur da und schaue zu
Könnte ich wählen, wär' ich du
Flög in die Lüfte hoch im nu

Dann könnt' ich vielleicht noch besser singen
Das Herz frei machen von Schmerzesdingen
Einfach zum Fenster hoch- und springen..

AUF EIN LETZTES (22.03.18)

Ein letztes Mal
Ein letzter Brief
Ein letztes Wort
Ein letztes Lied

Ein letzter Kuss
Ein letztes Lachen
Ein letzter Weg
Ein letztes Machen

Ein letzter Kuss

Ein letzter Sieg
Ein letzter Schmerz
Ein letzter Krieg

Das letzte Sehen
Das letzte Wein'
Das letzte Denken
Das letzte Sein

Ein letzter Herzschlag
Nur für dich
Es hallt im Raum
"Ich liebe Dich"

EISSCHOLLE (03.05.2018)

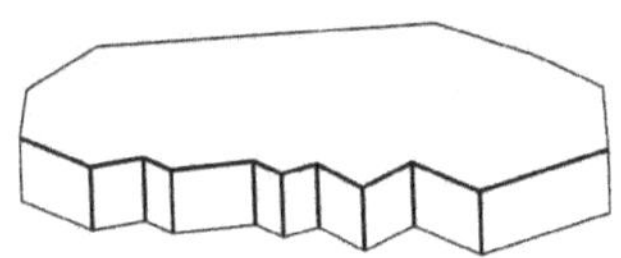

Wo ist der Mensch
Den ich einst kannte
Der tief in meinem
Herzen brannte?

Den ich seit
Langen Jahrn geliebt
Vergeblich, weil es ihn
Nicht gibt!

Er ist ein andrer

Nicht der selbe
In seiner Nähe
Spür ich Kälte

Die Hoffnung
Ist dahingegangen
So hat der Hass
Auch angefangen

Ich kenn ihn doch
Er ist es nicht
Nur noch das
Hübsche Manngesicht

Ich weiß, dass es
Ihn noch immer gibt
Den Mann, den ich
So sehr geliebt

Er ist verletzt
So kalt, wie Stein
Kann er denn noch
Er selbst sein?

Ich will ihn retten

Ihm alles sagen
Ich will nur hörn
Sein Herzchen klagen

Vielleicht wacht er auf
Und es geht ihm gut
Doch dazu fehlt mir
Und ihm der Mut.

Was kann ich tun?
Nichts! Nur traurig sein!
Vielleicht bleiben wir
Beide ewig allein..

WORTLAUT (11.07.2018)

Laute Worte schallen
In den großen Hallen
Gehen lange Wege
Manchmal etwas träge

Bleiben manchmal stecken
Müssen sich dann recken
Gelangen aber dennoch
In das schwarze Loch

Dort bleiben sie dann ewig
Und das ist nicht ganz wenig
Viel Kraft wird dann gebraucht

Bis der Körper langsam raucht

Egal wie stark man sei
Bleiben sie dabei
Kommen dann nach oben
Bis die Ängste toben

Wut kommt mit dazu
Gefühlschaos im nu
Kopf ist voller Nebel
Gibt es keinen Hebel?

Stärke ist jetzt richtig
Gefühle sind nicht wichtig
So werde ich auch sein
Auch wenn ich bin allein..

AUGENSCHEIN (10.09.2018)

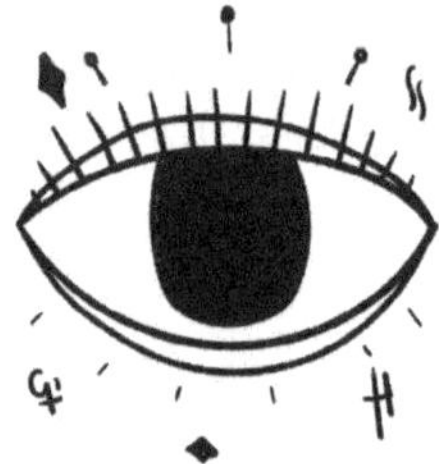

Deine Augen
Sind wie Sterne
Das Leuchten
Sieht man
Aus der Ferne

Als ich in diese
Augen sah
Wurde die Welt
Ganz wunderbar

Ohne zu wissen
Dass du es bist
Der nun nachts
In meinen Träumen
Ist...

VERGISS IHN (22.05.2019)

Wie Messerstiche
In mein Herz
Wie Leere
Die mich frisst

Entscheidend ist
Was ist
"Schatz" bin ich
Schon mal nicht

Vergiss ihn!

Deutet alles darauf hin
Doch nun zu spät...
Ich hätte hören solln
Was Kopf mir rät

Mein Herz hing, ach
So stark daran
Dass ich IHN wirklich
Haben kann
Doch falsche Hoffnung
Nennt man das
Für Gefühle
Ist's kein Spaß

Das Herz gebrochen
Auf neue Art
Noch stärker
Als ich glauben mag

Herausgerissen
Innen Leere
Gefühle kommen
In die Quere

An gar nichts glaub ich
Nicht nach dem

Mein Herz geschenkt ich
Irgendwem.

Nie wieder werd ich fühl'n
Bleibe im Inneren kühl
Lass keinen ran
Und keinen spürn
Mein Herz lass ich nur noch
In Schnürn

Ich sperr' es weg
Ich reiß es raus
Schenke es ihm
Und seiner "Maus"
Keine Hoffnung mehr
Und kein "Vielleicht"

Herz, ich sage dir:
"ES REICHT!"

Vergiss ihn
Vielleicht ist er gut
Doch egal
Wie weh es dir auch tut
Lass ihn jetzt gehn
Mach' deine Seele frei

Zwischen euch wird nie was sein!

Die Augen glänzen
Nun nicht mehr
Das Lächeln verblasst
Jetzt wirklich sehr
Das Herz, es schrumpft
Verstand, der bleibt
Es ist jetzt diese schwere Zeit

Vergessen kannst du ihn
Los komm!
Bevors zu spät und übernommen!

Ich kann es nicht
Es ist vorbei
Mein Herz
Es ist nie wieder frei

Er sitzt dort drin
Hält sich gut fest
Was übrig bleibt ist nur ein Rest
Kein Lächeln
Keine Blicke mehr
Doch vergessen
Fällt mir wirklich schwer!

Verdammt, das ist doch echt verrückt
Er hat dich damit echt erdrückt.

Nein, hat er nicht,
Ist nicht seine Schuld
Dass er so gut und ich ihn duld'
Noch mehr sogar:
Ich Liebe ihn
Womit hab ich das nur verdient?

Vergiss ihn, sagt mein Kopf
Vermiss ihn, schreit mein Herz

Vielleicht ist das alles nur ein dummer Scherz!?

GEISTERKUCHEN (13.06.2019)

Zu deinem Geburtstag
Verdient oder nicht
Schenke ich dir
Von mir ein Gedicht

Viel Freude, Gesundheit
Und was man so sagt
Wenn man sich diesen
Großen Schritt wagt

Die Worte, sie fließen
Aus meiner Hand
Das alles zu sagen
Ist nicht relevant

So schreib ich die Worte
Die keiner gern hört
Und streiche sie durch
Weil's sich nicht gehört

Ich sag' dir die Wahrheit
So wie sie es ist:
Ich habe meinen Vater
Ein Leben vermisst!

Vergeben, das kann ich
Vergessen nur nicht
Wir sehen doch beide
Wie alles zerbricht-

Lass uns nicht dran rütteln
Lassen wir es so stehen
In Zukunft sollten wir
getrennt weitergehen

Ich wünsch' dir das Beste
Auch wenn's nicht so scheint
Hab' ich das alles
Ganz ehrlich gemeint

Missbrauch' mein Vertrauen nicht
Ist eh kaum noch da
Es wird nie mehr sein
Wie's früher mal war

LÖWENHERZ (08.09.2019)

Die Schönheit güldnen Haares
Versteckt sein wirklich Wahres
Grüne Blätter in den Augen
Sie alle Gedanken rauben

Schnee anstatt der Zähne
Lockig seine Mähne
Rosarot sein Mund
Redet und tut kund

Stärke in den Armen

Herz, es fühlt Erbarmen
Glänzen in den Augen
Kopf will daran glauben

Lächeln schmeichelnd schön
Herzchen wird verwöhnt
Sprünge in die Lüfte
Schwünge mit der Hüfte

Träume nur von diesen
Als "Schöner" sich erwiesen
Glück strömt in die Venen
Nach seiner Nähe sehnen

Verrückt vor Freude
Vor Gefühlen
Liebe lässt mein Herz
Erfüllen.

HERZSTOLPERN (13.01.2020)

Herzschlag
Eins. Zwei.
Schon geht's vorbei
Dann noch zwei Schlag
Eins. Zwei.
Schon wieder schnell vorbei
Dann Dich gesehen
Herz versucht es zu verstehen
Dann noch zwei Schlag
Eins. Zwei..
Doch auf einmal werden's drei
Wo kommt der neue Schlag bloß her?

Ich verstehe gar nichts mehr...
Eins. Zwei. Drei.
Und dann warst Du vorbei
Herz war wieder still
Wenn es dich sieht
Macht's was es will..
Eins. Zwei.
Vorbei.
Und still.

EBBE UND FLUT (22.02.2020)

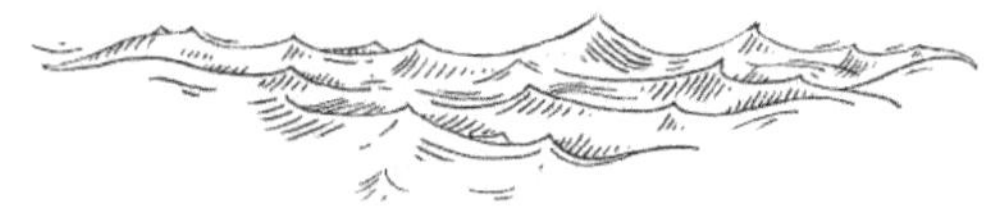

Das Meer rauschend
Die Sonne hell
Dem Rauschen lauschend
Der Herzschlag schnell

Das Wasser ganz sachte
An den Füßen kommt an
Frische Brise ganz leise
Treibt Gedanken voran

Ich höre den Sturm
Wie er leise kommt auf

Doch ich bleibe liegen
Anstatt ich weglauf' .

HOFFNUNGSSTRA HL (06.03.2020)

Dunkelheit umhüllt den Raum
Ein Lichtstrahl
Doch man sieht ihn
Kaum.

Halte fest an ihm
Denn wehe
Weg vom Winde
Er verwehe

Lass ihn wachsen
Und erhellen
Vor allem an
Den düst'ren Stellen.

HUNDEAUGEN (08.03.2020)

Es mischt sich
Mit dem Schwarz der Seele
Das Licht, ohne das
Es mich Tage quäle

Du bringst es mir
Mein treuer Freund
Machst dass Herz
Sich wieder freut

Das Glänzen, das ich
In deinen Augen sah

Machte die unsre Welt
Ganz wunderbar.

HEULEN (09.03.2020)

Ein einsamer Wolf
Im Schatten des Mondes
Ein Heulen so leis'
Im Inneren wohnt es

Er ruft nach den Andren
Doch keiner kommt hin
Sie laufen nur weiter
Sein Heuln macht kein Sinn

Er ist ganz alleine
Auch wenn er ist stark
Braucht er ein Rudel
Sonst liegt er im Sarg..

GROSSSTADTMON D (14.03.2020)

Eine Stadt, so groß und laut
Dass es mich beinah' umhaut
Am Morgen von Geräuschen weckend
Mich in meinem Bette streckend

Großstadt, toll oder auch nicht
Auf jeden Fall lohnt sich die Sicht
Ein Anblick schön, auf Wasser reichend
Meine Inspiration bereichernd

Ein paar Tage noch und dann

Müssen wir wieder voran
Nach Hause in die Heimatstadt
Die nicht so viel zu bieten hat

Genieße noch die kurze Zeit
Auch wenn das Wetter mit uns streikt
Auch so genug gibt's andre Dinge
Doch nichts mich aus der Fassung bringe

Die Eindrücke, die dann entstehen
Und Menschen nicht aus Köpfen gehen
Zu viel Aufmerksamkeit ich schenke
Anstatt ich mal an andres denke

Der runde Mond, so blendend hell
Lässt Gedanken rasen schnell
Über dieser Stadt erwacht
Er hat so eine große Macht..
Naja.
Ich wünsche gute Nacht!

UNERWIDERT (18.03.2020)

Ich sehe wie er leidet
Ich sehe wie er weint
Wie er jeden Menschen meidet
Wie schlecht es ihm zu gehen scheint

Mein Lieber, was ist los?
Was kann ich für dich machen?
Wie helfe ich dir bloß
Mit all den schweren Sachen?

Er schaut mich an
So voller Leid
Dann schaut er weg
Es lässt ihn kalt

Ich weiß genau
Was ich empfinde
Warum ich mich
An ihn so binde

Ich strecke meine Hand
Weiter nach seiner aus
Ich will nicht, dass er fällt
Doch er treibt weiter raus

Er hält die meine nicht
Deshalb ist es doppelt schwer
Langsam reißt er sich los
Und ich sehe ihn nie mehr...

GEBURTSTAGSP(R)OST/AN SHERRY (27.03.2020)

Lange hab ich gesucht
Doch ohne Erfolg
Ich habe geflucht
Was das alles hier soll

Das Schwarz fasste mich an
Es krallte sich fest
Es ließ mich nicht los
Das gab mir den Rest

Dann hab ich's gelassen
Alles so wie es war
Das Pech hat mich verlassen
Denn dann warst du da

Die Farben entstanden
Erst Rot, Blau und Gelb
Das war schon mehr wert
Als alles Geld auf der Welt

Sie mischten sich alle
Und Neues kam raus
Das, was ich nie sah
Maltest du mir dann aus

Die Welt wurde bunt
Und hell wie noch nie
Es blendete mich
Ich wusste nicht wie

Du machtest es möglich
Du warst für mich da
Ich danke dir so
Denn unsre Freundschaft ist wahr

Jetzt sehe ich alles
Laufe nicht blind durch die Welt
Jetzt ist es so
Dass die Welt mir gefällt

Ich bin froh, dass du da bist
Und dass ich dich traf
Du bist die Eine
Die mein Lächeln entwarf

Ich danke dir so
Und hoffe doch sehr
Dass es dir gut geht
Und vielleicht sogar mehr

An deinem Geburtstag
Und an jedem anderen Tag
Will ich, dass alles leuchtet
Weil ich dich sehr mag

Ich wünsch' dir das Beste
Das Beste von allen
Bleib wie du bist
Denn so wirst du allen gefallen!

RUHIGE NÄCHTE (30.03.2020)

Als ich heute einschlief
War alles ganz anders
Es war nicht, dass ich weglief
Es war alles ganz anders

Ich wollte bleiben
Und nicht wegrennen
Ich wollte sein
Und nicht weggehen

Ich wollte bleiben
Doch nur mit Dir
An meiner Seite
Hier.

Du gabst mir Hoffnung
Gabst mir Freude
Gabst mir alles
Was ich wollte

Danke dir, mein bester Freund
Mit dir die Seele sich so freut
Beruhigend wirkst du auf mich
Wüsst nicht, was ich tu, ohne dich

Die Nächte sind ruhig
„Gute Nacht", wünscht du mir
Alles wird besser
Denn ich vertrau dir.

RUHE (31.03.2020)

Das Herz, es schlägt
So schnell wie nie
Die Hoffnung kam
Woher hab ich sie?

Die Maske fällt
Und ich bin glücklich
Nichts mehr sie hält
Denn jetzt ist's wirklich

Der Schatten verschwunden
Alles ist hell
Licht wiedergefunden
Auch wenn es noch grell

Erst war es schwer
Dacht' oft an dich
Doch jetzt nicht mehr
Los ließ es mich

Alles vorbei
Stille kehrt ein
Und endlich
Schlafe ich nachts ein

Es gab einen Grund
Warum es jetzt schon vergeht
Einen Grund
Den mein Kopf nicht versteht...

SCHNEE (01.04.2020)

Die Masken fallen
Es wird kalt
So kalt, dass es
Beinahe schneit

Doch etwas wärmt mich..
Etwas ist da
Auch wenn ich's nicht glaube
Ist es wahr..

Ich kann nicht erfrieren

Auch wenn er da ist, der Schnee
Er betäubt nur den Schmerz
Und es tut nicht weh..

EIN FUNKEN HOFFNUNG (03.04.2020)

In der Dunkelheit
So dicht und schwarz
Ein Licht erscheint
Und nimmt ein Platz

Das Licht, es wächst

Doch viel zu schnell
Hab's überschätzt
Wird viel zu grell

Wird viel zu groß
Es lodert auf
Ich will es fangen
Doch schreit es: „Lauf!!!"

Es umfasst Alles
Die Dunkelheit weg
Es bleibt kein Platz mehr
Für 'nen dunklen Fleck

Qualm steigt auf
Fast überall Rauch
So schnell ich lauf
Doch trifft's mich auch

Ich falle zu Boden
Atme Rauch ein
Fange an, zu husten
Bald ist es aus und vorbei

Das Feuer, so groß

Es fasst mich
Und beißt mich
Und lässt mich nicht los

Ich schreie
Ich brenne
Ich atme
Ich renne

Nichts bewegt sich
Ich liege
Der Schmerz verlässt mich
Die Still' mich umwiege

Das Schwarz in der Seele
Das mich ewig quäle
Verschwunden im Licht..
Das Licht ist zu dicht

Es so grell
Ich so blind
Dass ich mich selbst
Nicht wiederfind'

Die Flammen umschlingen

Nun mein ganzes Ich
In Gestalt eines Menschen
In ihnen sah ich Dich

Du reichst mir die Hand
Ich nehme sie an
Und zusammen werden wir
Von den Flammen gefangen

Alles umschlungen
Von den Armen des Lichts
Kein Atem, kein Herzschlag
Kein Licht mehr, kein Nichts...

SPRACHLOS (06.04.2020)

Mit einem Wort
Mit einem andren
Immer und immer
Wieder.

Ich sag es
Ich schrei es
Ich mein es
Verschweig es

Ich weine
Weil ich was anderes meine
Ich kann es nicht wagen
Dir das zu sagen

Ich versteh es doch selbst nicht
Wie sowas passiert
Warum ich so denke
Und's mich interessiert

Du wirst's nicht verstehen
Die Dinge anders sehen
Und schließlich werden wir
Auseinandergehen

So schweig ich
Und quäl mich
Nur damit ich..
..Dich nicht verlier...

HOFFNUNG (11.04.2020)

Der Sturm
Gelegt.
Den Schmerz
Verlegt.
Die Sonne
Aufgestanden.
Die Nacht
Überstanden.
Das Schöne
Gefunden.
Das Schlechte

Verschwunden.
Endlich heilen die Wunden.

NACHTWANDERE R (13.04.2020)

Ein Heulen aus
Düsterem Walde
Die Eule hört es
Kommt balde

Sie wohnen im
Dickichten Wald
Doch zusammen
Ist es nie kalt

Die Eule zeigt
Mir den Weg
Über den Fluß
Über den Steg

Vor Ertrinken
Bewahrst mich
Vor Feinden
Ich dich.

Wenn jemand
Dir wehtut
Dann hab ich
Den Mut

Ich zerreiß sie
Ich beiß sie
Ich weiß wie
Es geht

Sie sind tot
Noch bevor
Der Mond
Ganz aufgeht

Ich, ruhiger
Wolf
Doch im Innern
Ein Jäger

Ein Beschützer
Für Meines,
Soll wissen
Ein jeder

Die Eule wacht
Über mich
Ich wach
Über sie

Also begegnen
Sie
Uns
Lieber nie..

SCHMETTERLING AUS GLAS (20.04.2020)

Wie ein Schmetterling aus Glas
Der das Fliegen lernt
Er hat den Mut
Er macht's verkehrt

Er springt
Mit Hoffnung
Dass man ihn fängt
Doch es gibt keinen, der sich
Mit ausgestreckten Armen hin drängt

Er fällt so weit
Bis er zerbricht
In ihm spiegelt
Sich das Licht

Er dachte, er könnte fliegen
Er könnte allen Schmerz besiegen
Er könnte nur in seinen Armen liegen

Doch er hält ihn nicht fest
Und er stürzt ab
Gibt sich den Rest

Er fällt so tief
So groß der Schmerz
Am Boden zerbricht
Es splittert sein Herz

Nur Glas in vielen Stücken
Keiner wird ihm nun näher rücken
Denn er tut allen weh, versteht:
Der Schmetterling, der er mal war
Der geht.

Er ist jetzt anders
Am Boden zerstört
Doch er lässt es bluten
Wenn man ihn berührt

So hält man sich fern
Und geht dran vorbei
Bis einer kommt
Der ist dafür bereit

Das Strahlen des Lichtes
Das sich in ihm bricht
Lässt aufleuchten
Des Fremden Gesicht

Er hebt die Scherben
Und trägt sie dort weg
Er klebt sie zusammen
Keine Spur mehr von Dreck

Er hält ihn
Er muntert ihn auf
Er ist der Grund
Dass er hat es noch drauf

Er überlebt es und wie
Findet neue Hoffnung
Auch wenn er geklebt
Hat er jemanden, der ihn versteht

Jemand mit Herz
Der bereit dafür ist
Für fremden Schmerz
Deren Hand nun ganz blutig ist

Er sagt ihm: "So flieg"
"Ich bleibe lieber bei dir."
"Ich weiß, du hast Angst."
"Nein, ich bleibe hier!"

"Warum?"
"Weil du bist der einzige Held.
Nicht der, der mich fallen lässt
Sondern der, der mich hält."

DER SCHREI (23.04.2020)

Alles leise
Doch ganz laut
Ist es innen
Wenn es gegen Wände haut .

So voller Hass
Ist es so laut
Und auch so dass
Es mich umhaut .

Ich bin leise

Es schreit rum
Nach außen hin
Verbleib ich stumm.

FRÜHLING (26.04.2020)

Blüten blühen
Düfte sprühen

Schmetterlinge
Nicht nur draußen
Sondern auch in
Manch einen
Hausen

Frische Brise
Kleine Krise
Die die Sonn'
Vergessen ließe

Alles strahlend
Bunt anmalend

Vögel singend
Laune bringend

Es wird wieder
Länger hell
Viel mehr Zeit
Doch geht sie
Schnell

Keine Wolken
Oder kleine
Ziehen weiter
Von alleine

Frühling wieder da
Das sieht man

Glasklar

SUPERNOVA (02.05.2020)

Auf meiner Reise
Sah ich sie
Es war verrückt
Wie Fantasie

Es machte Boom
Und dann so hell
Schien sie mich an
Sie war so grell

Nach diesem Wunder

War sie verschwunden
Verschollen, untergetaucht
Nie wiedergefunden

FENSTERSPIEL (12.05.2020)

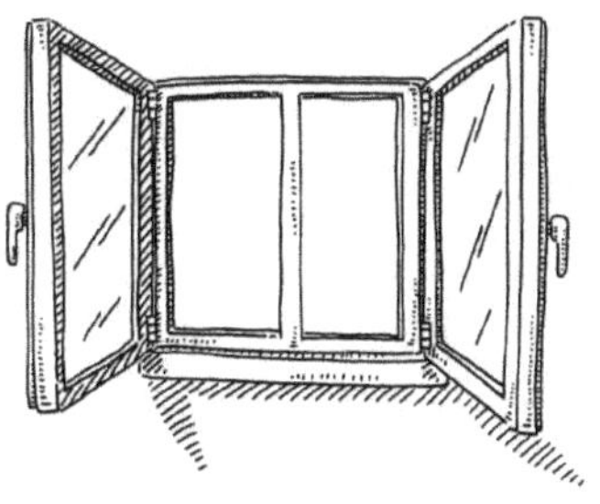

Wenn sie gegen
Fensterscheiben
Klopfen

An ihr entlanglaufen
Die kleinen
Tropfen

Die Stille melodisch
Verfeinert

Vom Regen

Kann es denn je
Etwas Besseres
Geben?

Voller neuer
Innovativer Ideen
Bekommen

Auch wenn die Sicht
Nach draußen
Verschwommen

Geruch von Frische
Durchs Fenster
Steigend

Was der kühle Regen
Mir bringt
Ist bereichernd

SONNENPLATZ (15.05.2020)

Auf einer Bank im Garten
Saß ein Spatz
Er hatte dort
Seinen geliebten Platz

Die Sonne kam
Durch Bäume scheinend
Der Spatz wärmte sich
An ihr bereichernd

Ein Windzug kam
Und er fiel runter
Die Sonn' war zwar da
Doch es war Winter

ZEIT (17.05.2020)

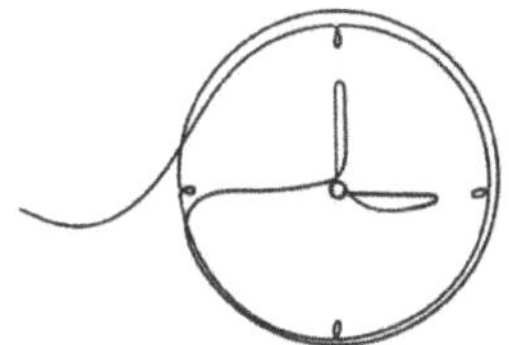

Nach all den Jahren
Stellt man entsetzt fest
Wie viel vergangen ist
Dass nur bleibt
Ein kleiner Rest.

VERLOREN (19.05.2020)

In einer Welt
Die nur ich kenne
Die nur ich verstehe
Und die nur ich erkenne

Eine Welt
Die ich erschaffe
Die ich erfinde
Die nur ich raffe

Mit Figuren
Und ihren Spuren

Auf dem Papier
Ich mich verlier

LÖWENMUT (21.05.2020)

Erst gebrochen
Dann zerbrochen
In kleine Teile aufgebrochen

Mit dem Brechen
Kam nach Außen
Was ganz tief drin
Begann zu hausen

Diese Stärke. Dieser Mut. Diese Power.
Die durchbricht die stärkste Mauer
Und besiegt die tiefste Trauer

ÄUGLEIN (23.05.2020)

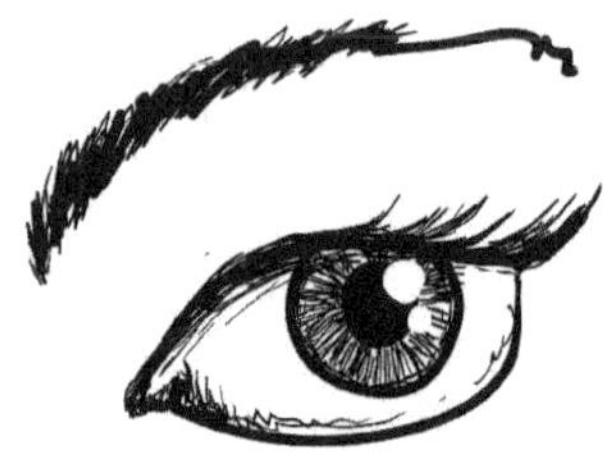

Die Wärme ausgestrahlt
Aus einer kalten Farbe
Bringt zum verschwinden
Die ein oder andere Narbe

Die Seele, die sich
In ihnen spiegelt
Verborgen durch dich
Der sie verriegelt

Doch ich sehe
In dich hinein
Durch deine Augen
Kann dir Gedanken rauben

Allein ein Blick
Lässt es geschehen
Ich kann es selbst
Nicht ganz verstehen

Wie ist es möglich?
Wie kann es sein
Dass ich dich sehe
Ohne wirklich
Bei dir zu sein?

Du schließt deine Äuglein
Und lässt mich nicht rein
Ist schon ok
Es muss auch nicht sein

Man zeigt sich verletzlich
Was der andre versteht
Drum schaut man auch weg
Wenn der Blick zu tief geht

WEGE (24.05.2020)

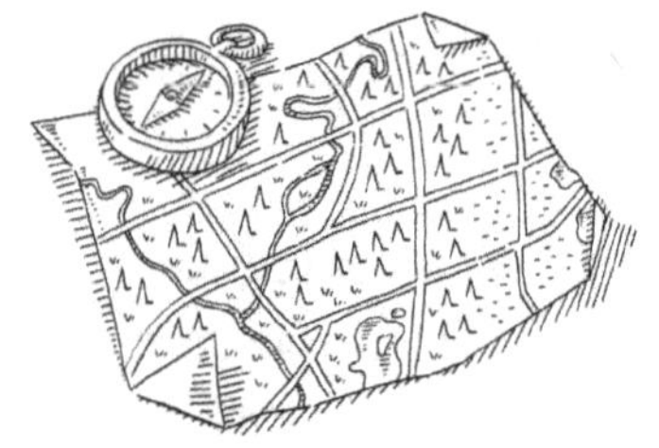

Der lange weg
Der vor uns liegt
Erscheint sehr weit
Doch die Zeit fliegt

Wir laufen ihn lang
Dort gabelt er sich
Wo sollen wir hin?
Wir wissen es nich'

Schließlich geht jeder doch
Seinen eigenen Pfad
Ob man sich noch trifft?
Kommt drauf an
Welchen Weg man betrat

DER WEG ZUM MOND (08.06.2020)

Auf der Erde ist es düster
Alle machen
Was sie wollen
Doch ich brauche eine Auszeit
Inspirationen
Will ich holen

Bis zum Mond hin
Will ich flüchten
Um dort ein paar

Fantasien
Zu züchten

IM STURM DER GEDANKEN (10.06.2020)

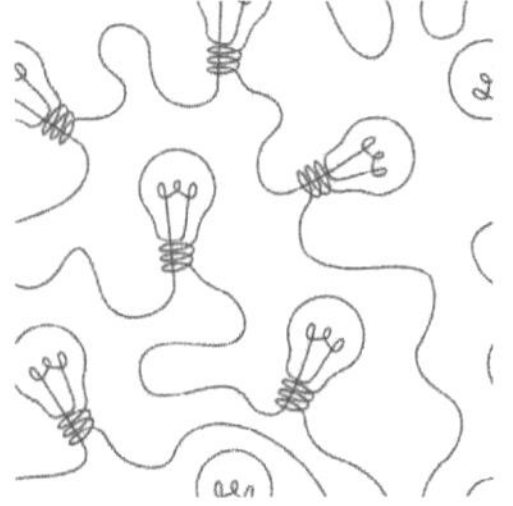

Mir einem Wort
Fing alles an
Dann folgt ein Satz
Ein ganzer Haufen
Dann ist es fort
Das eine Wort
Weil es zu viel
Von ihnen gibt
In meinen Gedanken

SÜSS-SAUER (12.06.2020)

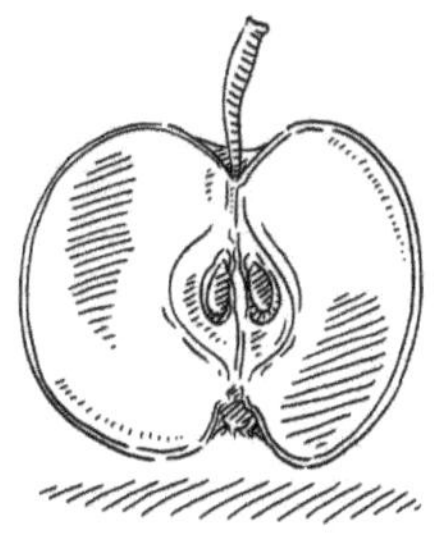

Ich schreie ihn an
Doch er verbleibt stumm
Ich werde still
Ich schau mich um

Er lacht
Und ich werde sauer
Irgendwie süß
Überkommt mich ein Schauer

Er weiß, was ich brauch'
Also lache ich auch

BLAU
(14.06.2020)

Die tiefen Farben, eng verschlungen
Mit Eiseskälte fest umrungen
Eisblöcke nur bei einem Blick
Zerreißt es mich in einem Stück

Zittern bis tief in die Knochen
Gefühle aus dem Herz gebrochen
Rausgelassen und vergessen
Nicht mehr so von ihm besessen

Das Meer an meinen Füßen schwindet
Sich Wärme langsam wiederfindet..

ROT (16.06.2020)

Wie ein Phönix aus der Asche
Erwacht mit neuer Kraft
Du dachtest, dass ich sterbe
Ja, Du hast mich umgebracht!

Als du gingst
Blieb Staub und Rauch
Ich erstickte
Dann brannte ich auch

Böse Erinnerungen
Und all der Schmerz

Wie du mir raubtest
Mein gutes Herz

Verbrannt im Feuer und vergessen
Du kannst dich nicht mehr mit mir messen
Dein kleines Mädchen war ich nie
Vielleicht nur in meiner Fantasie

Du hast nur Wunden aufgerissen
Auf Dein Leben dich verbissen
Meines niedergerissen
Alles Gute umgeschmissen
Danke "Vater" ...
Aber Dich werde ich nicht vermissen!

GRÜN (18.06.2020)

Alles um mich ist grün
Die Bäume, die Büsche, die Gräser
Sie blühen

Ganz entspannt laufe ich
Durch den Wald
Das Gezwitscher der Vögel
Zu meinen Ohren schallt

Keiner ist hier
Keiner ist da
Es ist so
Als ob hier nie jemand war

Als wäre man allein auf der Welt
Für einen Augenblick Ruhe
Und man hört sogar
Wie ein Blatt auf den Boden fällt

Ganz entspannt laufe ich
Mit schlenderndem Schritt
Auf einmal kommt mir etwas entgegen
Und nimmt mich mit..

DUNKELBLAU (20.06.2020)

Das Meer wird wild
Die Wellen kommen
Ein Sturm zieht auf
Das Licht genommen

Nur ein paar Tropfen
Doch vereint
Sind sie so groß
Ein starker Feind

Sie schweben auf

Und rächen sich
Sie holen auf
Und kriegen dich

Die Macht der Natur
Besiegt man nicht
Denn die Tropfen
Sind viel zu dicht

Sie reißen alles runter
Machen die Stadt munter
Sie geben auch nicht auf
Sondern eher noch einen drauf

Lege Dich nicht an mit ihr
Lass es nicht so kommen
Dass sie sich eines Tages rächt
Und die Welt macht ganz
Verschwommen

DUNKELROT (22.06.2020)

Rot.
Rot. Rot. Rot.
Man sehe rot.
Alles um sie rum ist rot.
All die Blumen
Rote Rosen
Und auch andre
Wie Mimosen
All die Schränke
Rot gestrichen
Einer Erdbeere sie glichen

All die Möbel
Stühle, Tische
All die Wände
Selbst die Fische
Auch die Hände
Eisig zitternd
In ein Rot getränkt
Verbitternd
Alles um sie rum ist rot
Denn alles um sie rum
Ist tot.

DUNKELGRÜN (24.06.2020)

Mir kommt wer entgegen
Im düsteren Wald
Ich halte mich seitlich
Dann wird mir ganz kalt

Aus weiter Entfernung
Blickt er mich an
Der Blick eines Fremden
Zog mich in den Bann

Alles so still

Nur Vögel zu hören
Die Zeit steht kurz still
Könnte ich schwören

Aneinander vorbei
Laufen wir
"Ich kenne dich"
Sagen seine Augen mir

Wir nicken uns zu
Und lächeln erfreulich
Ich erkenne ihn wieder
Denn sah ihn erst neulich

Grün waren seine Augen
Grün wie die Blätter an den Bäumen
Von diesen grünen Augen
Konnte ein jeder träumen

ZURÜCK (13.07.2020)

Ich schrieb so viel
Was in mir schwebt
Was mich berührt
Was in mir lebt

Dann wurd es mehr
Ich hab vergessen
Dass ich noch leb'
Ich war besessen

Es wurd' zu viel

Ich hörte auf
Und mein Leben
Nahm den Lauf

Doch ich wusste
Das was fehlt
Ohne das es
Mich so quält

So komm ich
Wieder zurück
Und schreib wieder
An 'nem Stück

WIEDER (10.08.2020)

Wieder und wieder kam eine Pause
Wieder und wieder kam nichts von mir
Wieder und wieder nur leere Seiten
Wieder nur nichts als leeres Papier

Ein Lichtlein kam
Erscheinte mir
Ich fing es ein
Und schrieb von dir

Wieder einmal mit Zettel und Stift
Wieder und wieder erscheint mir ein Licht
Wieder und wider seh' ich dein Gesicht
Wieder und wieder schreib ich ein Gedicht

VERKEHRT (15.08.2020)

Wer bist du
Frag ich dich
Doch du schweigst
Und musterst mich

So ganz leise
Bist du dann
Und ich gehe
Näher ran

Unsre Hände
Sich berühren
Doch ich kann
Nur meine spüren

Auf der kalten Spiegelscheibe
Ich auf Abstand lieber bleibe

VERSTECKT (23.08.2020)

Hinter dem Lächeln verbirgt sich
Ein Schatten
So wie wir ihn bisher
Noch nicht hatten

Der Blick in die Augen
Weil sie ja nicht lügen
Dieser Blick wird mich
Schon nicht betrügen

Hinter den Augen verbirgt sich

Ein Feuer
Früher war der Blick
Doch etwas scheuer

Hinter der Maske aus
Gleichgültigkeit
Ist doch der Wunsch
Nach Zweisamkeit

VERBORGEN (04.09.2020)

Öffentlich ein
Heller Schein
Innerlich ein
Dunkler sein

Tief verborgen
In der Seele
Besessenes Fünkchen
Das uns quäle

Zersplittert in

Paar Stück
Zieht es sich
Aus Glück zurück

Aus Angst es wächst
Und greift dich an
Weil es das gar nicht
Anders kann

BLUTENDE STILLE (06.09.2020)

Das Blut an den Händen
Liefet herab
All seine Taten
Streitet er ab

Entlang seiner Adern
Das Blut hastig fließt
Die eisige Stille
Wie er sie genießt

Jetzt ist es ruhig

Jetzt tut es gut
An seinen Händen
Klebt fremdes Blut

Der Fremde ist leise
Nachdem er laut schrie
Es fällt das Messer
Und er auf die Knie

Da kam die Reue
Und weg war die Wut
Erst jetzt begriff er
Was er da tut

Er schrie um Vergebung
So sehr er drum bat
Doch blieb nur die Stille
Und seine finstere Tat..

TANZEN AUF SCHERBEN (13.09.2020)

Nachts.
Unendlich langer Pfad
Es gibt kein Weg zurück
Die Wahrheit ist zu hart

Nur vorwärts schreiten

Ohne Pause
Denn der Weg
Führt bis nach Hause

Auf ihm liegen Scherben
Schimmernd
Von der Dunkelheit
Umflimmernd

Leise schreit ich fort
Auf ihnen
Doch meine Füße mir
Nicht dienen

Aufgerissen und
So blutig
Vorwärts gehen
Macht mich mutig

Auch wenn Narben dort entstehen
Weiß ich
Ich muss
Weitergehen.

AUFGERISSEN (17.09.2020)

In mir drin, pulsierend schnelle
Doch so laut, dass man nichts hört
Nach außen hin besonders leise
Dass es keinen weiter stört

Innerlich das Blut in Strömen
Läuft die Adern ab und rauf
In meinem Kopf Gedanken ständig
So weit weg davon ich lauf

Diese Narbe, diese Wunde

Wie ein Messer im Herz drin
Wenn ich dich sehe, geht es tiefer
Und das Blut, es fließt dahin

In mir drin ein Meer aus Tränen
In mir dir ein Meer aus ROT
Nach außen hin bin ich so wütend
Nach außen hin der Schmerz ist tot.

GEDANKEN (25.09.2020)

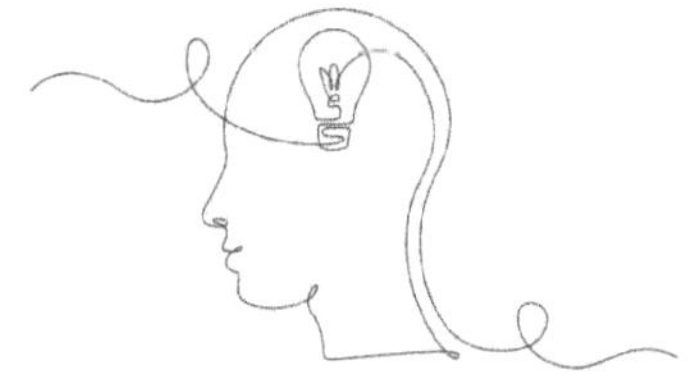

In meinen Taggedanken
Stille
Um mich rum.
Doch in meinen Nachtgedanken
Herrscht ein riesen
Sturm.

NACHWORT

Es bedeutet mir viel, dass meine Werke gelesen werden und es würde mich auch freuen, mich darüber mit euch auszutauschen. Dafür bin ich bei
Instagram: vio_writes
und
Wattpad: Vio Yung / Vio_writes
zu finden, genauso wie andere meiner Werke, die man sich dort kostenlos durchlesen kann und auch kommentieren.
Ich würde mich freuen, Kontakt mich euch aufzunehmen!

Liebe Grüße und Danke!

Vio

ÜBER DEN AUTOR

Vio Yung

Eine Hobbyautorin, die bereits mit 12 Jahren angefangen hat, Geschichten zu schreiben. Ihr erstes vollendetes Werk ist ein Thriller, "Spuren aus Blut".
Die Vorliebe für Gedichte war auch schon früh da und entwickelte sich mit der Zeit, wodurch sie immer mehr eine düstere Note bekamen. Mit 22 Jahren lebt sie jetzt mit ihrem Freund und ihren zwei Katern in Thüringen, wo sie auch aufgewachsen ist.

www.ingramcontent.com/pod-product-compliance
Lightning Source LLC
La Vergne TN
LVHW010610160826
845677LV00013B/3340